DIE AFFENPFOTE

DER GEISTERLÖSCHER

ES GIBT KEINE GEISTER

Thomas M. Meine

Die Affenpfote
von W.W. Jacobs
erstmals in England erschienen
im Jahre 1902

Der Geisterlöscher
von F.G. Burgess
ersmals in den USA erschienen
im Jahre 1905

Es gibt keine Geister
von E.P. Butler
erstmals erschienen in den USA
im Jahre 1911

Bibliografische Information der Deutschen Nationalbibliothek

Die Deutsche Nationalbibliothek verzeichnet diese Publikation in der

Deutschen Nationalbibliografie; detaillierte bibliografische Daten sind im Internet über http://dnb.dnb.de abrufbar.

Herstellung und Verlag:

BoD – Books on Demand, Norderstedt

Juli © 2021, Thomas M. Meine
ISBN 9 783754 321423

Inhalt

DIE AFFENPFOTE

I.

Die Nacht draußen war kalt und nass, aber in der kleinen Wohnstube der Villa Laburnam waren schon die Jalousien heruntergezogen und im Kamin brannte ein prächtiges Feuer. Vater und Sohn spielten Schach. Der Vater hatte eine Spielauffassung, die radikale Züge beinhaltete, wobei er seinen König immer wieder in bedrohliche und unnötige Gefahren brachte, dass dies sogar Kommentare von der weißhaarigen Dame provozierte, die friedlich am Kamin saß und strickte.

»Hört doch, der Wind!«, sagte Mr. White, der zu spät sah, dass er einen fatalen Fehler gemacht hatte und sich nun eifrig darum bemühte, dass es sein Sohn nicht bemerkt.

»Ich höre ihn«, sagte Letzterer. Dabei betrachtete er mit festem Blick das Brett, als er seine Hand ausstreckte: *»Schach!«*

»Ich glaube kaum, dass er heute Nacht kommt«, sagte sein Vater, der einen Zug machte.

»Matt!«, antwortete sein Sohn.

»Das hat man nun davon, wenn man so weit draußen wohnt«, wetterte Mr. White mit plötzlicher und nicht gekannter Heftigkeit. *»Von all den grässlichen, matschigen und abgelegensten Gegenden, in der man leben kann, ist dies die schlimmste. Der Pfad ist ein Sumpf und die Straße ein Sturzbach. Ich weiß nicht, was die Leute sich dabei denken. Ich vermute aber, dass sie glauben, das würde sowieso keine Rolle spielen, da ohnehin nur zwei Häuser in der Straße vermietet sind.«*

»Mach dir nichts draus, mein Lieber«, sagte seine Frau beschwichtigend, *»vielleicht gewinnst du ja das nächste Spiel.«*

Mr. White schaute plötzlich nach oben, gerade rechtzeitig, um einen vielsagenden Blickwechsel zwischen Mutter und Sohn abzufangen. Die Worte starben auf seinen Lippen und er verbarg ein schuldbewusstes Lächeln in seinem grauen Bart.

»Da ist er«, sagte Herbert White, sein Sohn, als man das Gartentor laut schlagen hören konnte und schwere Schritte sich der Haustür näherten.

Der alte Mann erhob sich mit gastlicher Eile. Als er die Tür öffnete, konnte man aufschnappen, wie er dem Neuankömmling gegenüber die Umstände beklagte. Der Gast schimpfte ebenfalls herum, sodass sich Mrs. White leicht räusperte, als ihr Mann den Raum betrat, gefolgt von einem großen, kräftigen Mann mit glänzenden Augen und einem rötlichen Gesicht.

»Hauptfeldwebel Morris«, sagte er, als er ihn vorstellte.

Der Hauptfeldwebel schüttelte allen die Hand und nahm auf dem ihm angebotenen Stuhl am Kaminfeuer Platz. Zufrieden betrachtete er seinen Gastgeber, wie er den Whisky und die Gläser herausnahm und einen kleinen Kupferkessel aufs Feuer stellte.

Beim dritten Glas wurden seine Augen lebhafter und er begann zu sprechen. Die kleine Familienrunde betrachtete diesen Besucher, der von weit hergekommen war, mit eifrigem Interesse, als er seine breiten Schultern in den Sessel drückte und von wilden Ereignissen und beherzten Taten berichte, von Krieg und Seuchen und fremden Menschen.

»*Einundzwanzig Jahre ist es nun schon her*«, sagte Mr. White und nickte dabei seiner Frau und seinem Sohn zu. »*Als er wegging, war er eine halbe Portion von einem Jüngling. Schaut ihn euch jetzt einmal an!*«

»*Er sieht nicht so aus, als hätte er großen Schaden genommen*«, sagte Mrs. White höflich.

»*Ich würde selbst gern einmal nach Indien gehen*«, sagte der alte Mann, »*nur, um mich ein wenig umzusehen, wisst ihr.*«

»*Es ist hier besser, wo du bist*«, sagte der Hauptfeldwebel und schüttelte seinen Kopf. Er stellte sein Glas ab, seufzte leicht und schwenkte es dann wieder.

»*Ich würde gern diese alten Tempel sehen und die Fakire und die Gaukler*«, fuhr Mr. White fort. »*Was war das eigentlich, was du mir neulich über eine Affenpfote oder so etwas erzählen wolltest, Morris?*«

»*Nichts*«, sagte der Soldat hastig. »*Zumindest nichts, was sich lohnen würde, anzuhören.*«

»*Affenpfote?*«, sagte Mrs. White neugierig.

»*Nun, es ist etwas, was Sie vielleicht als Magie bezeichnen könnten*«, sagte der Hauptfeldwebel kurz.

Seine drei Zuhörer lehnten sich beflissen nach vorne. Der Besucher, etwas geistesabwesend, führte das leere Glas an seine Lippen und stellte es dann wieder ab. Sein Gastgeber füllte es wieder.

»Wenn man sie anschaut«, sagte der Hauptfeldwebel und suchte in seiner Tasche herum, *»ist sie eigentlich nur eine kleine Pfote, die ausgetrocknet und mumifiziert ist.«*

Er nahm etwas aus seiner Tasche heraus und zeigte es herum. Mrs. White schreckte mit einer Grimasse zurück, aber ihr Sohn Herbert nahm sie und betrachtete sie neugierig.

»Und was ist nun das Besondere daran?«, fragte Mr. White, nachdem er sie seinem Sohn abgenommen, dann untersucht und auf den Tisch gelegt hatte.

»Sie wurde von einem alten Fakir mit einem Zauber versehen«, sagte der Hauptfeldwebel, *»ein sehr heiliger Mann. Er wollte zeigen, dass das Schicksal die Menschen beherrscht und dass diejenigen, die damit in Konflikt geraten, dies zu ihrem Schaden tun. Er hat sie so verzaubert, dass drei verschiedene Menschen jeweils drei Wünsche von ihr freihaben.«*

Sein Auftreten war so eindrucksvoll, dass seine Zuhörer sich bewusst waren, dass ihre leisen Lacher etwas im Missklang dazu standen.

»Nun, warum holen Sie sich die drei Wünsche nicht ab, Sir«, war die listige Frage von Herbert White.

Der Soldat sah ihn an, so wie es die Älteren tun, wenn sie überhebliche Jugendliche betrachten. *»Das habe ich bereits«*, sagte er in einem leisen Ton und sein fleckiges Gesicht erbleichte.

»Und wurden Ihnen diese drei Wünsche dann wirklich erfüllt?«, fragte Mrs. White.

»Ja, das wurden sie«, sagte der Hauptfeldwebel, und sein Glas klopfte gegen seine festen Zähne.

»Und hat sich sonst noch jemand etwas gewünscht?«, insistierte die alte Lady.

»Ja, der erste Mann hatte seine drei Wünsche«, war seine Antwort. *»Ich weiß nicht, was die ersten zwei waren, aber der dritte Wunsch von ihm war, zu sterben. Das ist es auch, wie ich zu der Pfote kam.«*

Sein Tonfall war so ernst, dass ein großes Schweigen über die Gruppe fiel.

»*Wenn du deine drei Wünsche schon hattest, dann hat sie jetzt keinen Wert mehr für dich, Morris*«, sagte schließlich der alte Mann. »*Wofür behältst du sie dann noch?*«

Der Soldat wiegte seinen Kopf hin und her. »*Nur eine Laune, vermute ich*«, sagte er langsam. »*Ich hatte manchmal die Absicht, sie zu verkaufen, aber ich denke nicht, dass ich das machen werde. Sie hat schon genug Schaden angerichtet. Und außerdem, die Leute kaufen sie ohnehin nicht. Sie denken, dass alles nur ein Märchen ist, und einige von ihnen, die doch etwas davon halten, wollen sie zuerst ausprobieren und mich anschließend bezahlen.*«

»*Wenn du noch einmal drei Wünsche freihättest*«, sagte der alte Mann und betrachtete ihn genau dabei, »*würdest du es machen?*«

»*Ich weiß es nicht*«, sagte der andere, »*ich weiß es nicht.*«

Er nahm die Pfote, ließ sie zwischen seinem Zeigefinger und Daumen pendeln und warf sie plötzlich ins Feuer. Mr. White stieß einen schwachen Schrei aus, beugte sich herunter und holte sie heraus.

»*Lass sie besser brennen*«, sagte der Soldat feierlich.

»*Wenn du sie nicht mehr willst*«, sagte der andere, »*dann gib sie mir.*«

»Das werde ich nicht tun«, sagte sein Freund hartnäckig. »*Ich habe sie ins Feuer geworfen. Wenn du sie behältst, gib mir nicht die Schuld, wenn etwas passiert. Schmeiß sie wieder zurück ins Feuer, wie ein vernünftiger Mann.*«.

Der andere schüttelte seinen Kopf und untersuchte seinen neuen Besitz ganz genau. »*Wie muss man es anstellen?*«, fragte er.

»*Halte sie mit deiner rechten Hand hoch und sprich deinen Wunsch laut aus*«, sagte der Hauptfeldwebel, »*aber ich muss dich vor den Folgen warnen.*«

»Das hört sich an wie Tausendundeine Nacht«, sagte Mrs. White, als sie aufstand und ging, um sich an die Arbeit für das Abendessen zu machen. »*Meinst du nicht, du solltest mir vier Paar Hände wünschen?*«

Ihr Mann holte den Talisman wieder aus seiner Tasche und alle drei Familienmitglieder brachen in lautes Gelächter aus, als der Hauptfeldwebel mit einem beunruhigten Gesicht seinen Arm ergriff.

»*Wenn du dir schon unbedingt etwas wünschen willst*«, sagte er schroff, »*dann wünsch dir etwas Vernünftiges.*«

Mr. White steckte sie zurück in seine Tasche, stellte die Stühle zurecht und brachte seinen Freund zum Tisch. Während sie mit dem Essen beschäftigt waren, geriet der Talisman halb in Vergessenheit. Danach setzten die drei sich hin und lauschten gebannt dem zweiten Teil der Abenteuer des Soldaten in Indien.

»*Wenn die Geschichte über die Affenpfote nicht mehr Wahrheit enthält als die anderen, die er uns erzählt hat*«, sagte Herbert, als sich die Tür hinter dem Gast geschlossen hatte, gerade rechtzeitig um den letzten Zug noch zu kriegen, »*dann werden wir wohl nicht viel damit anfangen können.*«

»*Hast du ihm etwas dafür gegeben, Vater?*«, fragte Mrs White und betrachtete dabei ihren Mann genau.

»*Nur eine Kleinigkeit*«, sagte er und errötete leicht dabei. »*Er wollte es nicht, aber ich brachte ihn dazu, es zu nehmen. Dabei hat er mich nochmals bedrängt, sie ins Feuer zu werfen.*«

»*Wahrscheinlich hat er das*«, sagte Herbert mit vorgespieltem Erschrecken. »*Nun, wir werden reich werden und berühmt und glücklich. Wünsch dir, ein Kaiser zu sein, Vater, um mit den Wünschen anzufangen. Dann stehst du nicht mehr unter dem Pantoffel.*«

Er schoss um den Tisch herum, verfolgt von der gerade schlechtgemachten Mrs. White, die sich mit einem Sesselschoner bewaffnet hatte.

Mr. White nahm die Pfote wieder aus seiner Tasche und betrachtete sie misstrauisch. »*Ich weiß nicht, was ich mir wünschen soll, und das ist eine Tatsache*«, sagte er langsam. »*Es scheint mir so, dass ich alles habe, was ich brauche.*«

»*Wenn du nur aus diesem Haus herauskommen könntest, wärst du ziemlich glücklich, wäre es nicht so?*«, sagte Herbert mit der Hand auf seiner Schulter. »*Also wünsche dir einfach zweihundert Pfund, das würde reichen.*«

»*Wenn du nur aus diesem Haus herauskommen könntest, wärst du ganz glücklich, nicht wahr?*«, sagte Herbert und legte ihm die Hand auf die Schulter. »*Na, dann wünsch dir zweihundert Pfund; das würde reichen.*«

Sein Vater lächelte verschämt über seine eigene Leichtgläubigkeit und hielt den Talisman hoch, als sich sein Sohn mit einem feierlichen Gesicht, etwas verdorben durch ein Zwinkern in Richtung seiner Mutter, ans Klavier setzte und einige eindrucksvolle Akkorde anschlug.

»Ich wünsche mir zweihundert Pfund«, sagte der alte Mann plötzlich mit klarer Stimme.

Ein leichtes Poltern im Klavier begleitete diese Worte, das durch einen markerschütternden Aufschrei des alten Mannes unterbrochen wurde. Seine Frau und sein Sohn rannten zu ihm.

»Sie hat sich bewegt«, schrie er mit einem Blick voller Abscheu auf den Gegenstand, der am Boden lag.

»Als ich meinen Wunsch ausgesprochen habe«, sagte er, *»hat sie sich in meiner Hand gewunden wie eine Schlange.«*

»Aber, ich sehe das Geld nicht«, sagte sein Sohn, als er sie aufhob und auf den Tisch legte, *»und ich wette, das wird auch niemals der Fall sein.«*

»Das musst du dir eingebildet haben, Vater«, sagte seine Frau und blickte ihn dabei besorgt an.

Er schüttelte seinen Kopf. *»Vergiss es einfach, es ist nichts Schlimmes passiert, aber es hat mir trotzdem einen Schock versetzt.«*

Sie hatten wieder am Kaminfeuer Platz genommen, wo die beiden Männer ihre Pfeifen fertig rauchten. Draußen blies der Wind heftiger als zuvor, und der alte Mann zuckte beim Klang einer schlagenden Tür im oberen Stockwerk nervös zusammen. Dann legte sich eine Stille über die drei, ungewöhnlich und erdrückend, die anhielt, bis sich das alte Ehepaar erhob, um sich zur Nachtruhe zurückzuziehen.

»Ich glaube, ihr werdet das gebündelte Geld in einem großen Sack finden, der in der Mitte von eurem Bett liegt«, sagte Herbert, als er ihnen eine Gute Nacht wünschte. *»Und irgendein schreckliches Etwas wird auf eurem Kleiderschrank hocken und euch dabei beobachten, wie ihr eure unrechtmäßig erworbene Beute einsteckt.«*

Er saß alleine in der Dunkelheit, blickte auf das schwächer werdende Feuer und sah Gesichter darin. Das letzte war so schrecklich und so affenartig, dass er es erstaunt anstarrte. Es erschien so lebensecht, mit einem kleinen, verunsicherten Lachen, dass er auf dem Tisch nach einem Wasserglas tastete, um seinen Inhalt darüber zu gießen. Er ergriff stattdessen die Affenpfote. Mit einem leichten Schaudern wischte er sich seine Hand an der Jacke ab und ging nach oben, um zu Bett zu gehen.

II.

Im Glanz der winterlichen Sonne am nächsten Morgen, als sie sich über den Frühstückstisch ausbreitete, lachte er über seine Ängste. Es herrschte eine nüchterne Atmosphäre im Raum, die es in der vorangegangenen Nacht nicht gab, und die dreckige, runzelige kleine Pfote war auf den Kaminsims geworfen worden, mit einer Sorglosigkeit, welche keinen großen Glauben an ihre Werthaltigkeit vermuten ließ.

»Ich denke, dass alle Soldaten gleich sind«, sagte Mrs. White. *»Wie konnten wir uns nur so einen Unsinn anhören! Wie sollten denn in diesen Tagen Wünsche erfüllt werden? Und wenn es so wäre, wie könnten dir die zweihundert Pfund dann schaden, Vater?«*

»Es könnte vom Himmel herab auf seinen Kopf fallen«, sagte der alberne Herbert.

»*Morris sagte mir, dass die Dinge so natürlich passiert sind*«, bemerkte sein Vater, »*dass man es, wenn man es wollte, dem Zufall zuzuschreiben könnte.*«

»*Nun, stell nichts mit dem Geld an, bevor ich zurückkomme*«, sagte Herbert, als er sich vom Tisch erhob. »*Ich befürchte, dass es dich in einen fiesen und geizigen Mann verwandelt, und wir müssten es dir wieder wegnehmen.*«

Seine Mutter lachte. Sie folgte ihm zur Tür und sah ihm nach, wie er die Straße hinunterging. Als sie wieder am Frühstückstisch saß, fand sie großes Vergnügen daran, sich über die Leichtgläubigkeit ihres Mannes lustig zu machen. Dies alles hielt sie nicht davon ab, an die Tür zu hasten, als der Postbote klopfte, noch hinderte es sie daran, sich kurz über die Trinkgewohnheiten von pensionierten Hauptfeldwebeln auszulassen, als sie feststellte, dass der Postbote eine Rechnung der Schneiderin brachte.

»*Ich denke, Herbert wird wohl wieder einiges mehr von seinen lustigen Sprüchen zum Besten geben, wenn er nach Hause kommt*«, sagte sie, als sie beim Abendessen saßen.

»*Ich behaupte aber*«, sagte Mr. White, als er sich ein Bier einschenkte, »*dass sich das Ding in meiner Hand bewegt hat; darauf schwöre ich.*«

»*Du hast nur gedacht, dass es das tut*«, sagte die alte Lady besänftigend.

»*Ich sage, dass es das wirklich getan hat*«, erwiderte er. »*Daran gibt es keinen Zweifel. Ich habe nur – was ist los?*«

Seine Frau gab keine Antwort. Sie beobachtete die seltsamen Bewegungen eines sich draußen befindlichen Mannes, der unschlüssig auf das Haus starrte und sich anscheinend überlegte, einzutreten. In einer gedanklichen Verbindung zu den zweihundert Pfund bemerkte sie, dass der Fremde gut gekleidet war und einen brandneuen seidenen Zylinder trug. Dreimal hielt er vor dem Tor an und ging dann weiter. Beim vierten Mal blieb er stehen und legte seine Hand darauf. Dann, nach einem plötzlichen Entschluss, warf es auf und ging den Pfad zum Haus hinauf. Im gleichen Moment nahm Mrs. White ihre Hände auf den Rücken und beeilte sich, die Bänder ihrer Schürze zu lösen, und schob dieses häusliche Kleidungsstück unter das Sitzkissen ihres Stuhls.

Sie führte den Fremden, der sich sichtlich unwohl fühlte, ins Zimmer. Er starrte sie verstohlen an und hörte in einer gedankenverlorenen Weise zu, als die alte Lady sich für die Unordnung im Zimmer entschuldigte und auch für einen Mantel ihres Gatten, der normalerweise für die Gartenarbeit reserviert war. Dann wartete sie so geduldig, wie es ihr Geschlecht erlaubt, dass er den Grund seines Besuches zur Sprache bringt, aber zunächst blieb er seltsam still.

»Ich – wurde beauftragt, diesen Besuch zu machen«, sagte er schließlich. Er beugte sich vor und nahm ein Stück Leinenstoff aus seiner Hose. »Ich komme von 'Maw und Meggins'.«

Die alte Lady zuckte zusammen. »Ist etwas passiert?«, fragte sie völlig außer Atem. »Ist Herbert etwas zugestoßen? Was ist es? Was ist es?«

Ihr Mann unterbrach sie. »Hierher, hierher, Mutter«, sagte er hastig. »Setz dich hin und zieh keine voreiligen Schlüsse. Sie haben keine schlechten Nachrichten zu überbringen, bin ich mir sicher, Sir.« Dabei sah er den anderen Mann dabei wehmütig an.

»Es tut mir leid – «, begann der Besucher.

»*Ist er verletzt?*«, fragte die Mutter aufgeregt.

Der Besucher nickte in zustimmender Weise.

»*Sehr schwer verletzt*«, sagte er leise, »*aber er hat keinerlei Schmerzen.*«

»*Oh, Gott sei Dank!*«, sagte die alte Frau und faltete die Hände. »*Ich danke Gott dafür! Ich danke ihm –* «

Sie hielt plötzlich inne, als ihr der unheimliche und tiefere Sinn seiner Zusicherung bewusst wurde, und sie sah in dem abgewandten Gesicht des Anderen die schreckliche Bestätigung ihre Ängste.

Sie hielt den Atem an, drehte sich zu ihrem das alles noch nicht begreifenden Mann hin und legte ihre zitternde alte Hand auf seine. Es herrschte eine längere Stille.

»*Er wurde von einer Maschine erfasst*«, sagte der Besucher schließlich mit gedämpfter Stimme.

»*Von einer Maschine erfasst*«, wiederholte Mr. White in einer verwirrten Weise.

»*Ja.*«

Er saß da und starrte ausdruckslos aus dem Fenster hinaus. Dann nahm er die Hand seiner Frau zwischen seine eigenen und drückte sie, wie er das damals gemacht hatte, während ihrer früheren Tage des Werbens vor fast vierzig Jahren.

»Er war der Einzige, der uns geblieben ist«, sagte er, indem er sich langsam zu dem Besucher hindrehte. *»Das ist sehr hart.«*

Der Andere hustete, erhob sich und ging langsam zum Fenster. *»Die Firma hat mich beauftragt, Ihnen für ihren großen Verlust das aufrichtige Mitgefühl auszusprechen«*, sagte er, ohne sich dabei umzudrehen. *»Ich bitte Sie zu verstehen, dass ich nur ihr Bote bin und lediglich Befehle befolge.«*

Es gab keine Antwort; das Gesicht der alten Frau war weiß, ihre Augen starrten ins Leere und ihr Atem war kaum zu hören.

Auf dem Gesicht ihres Mannes war ein Ausdruck, den sein Freund, der Hauptfeldwebel, bei seinem ersten Militäreinsatz gehabt haben könnte.

»Ich soll Ihnen ausrichten, dass Maw und Meggins jegliche Verantwortung ablehnen«, fuhr der Andere fort. *»Sie erkennen auch keinerlei Haftung an, aber in Anbetracht der Dienste ihres Sohnes möchten sie Ihnen eine bestimmte Summe zukommen lassen.«*

Mr. White ließ die Hand seiner Frau los, stand auf und schaute mit einem Ausdruck des Schreckens auf seinen Besucher. Seine trockenen Lippen formten die Worte:

»Wie viel?«

»Zweihundert Pfund«, war die Antwort.

Mr. White hörte nicht mehr den kreischenden Schrei seiner Frau. Der alte Mann lächelte schwach, streckte seine Hände wie ein Blinder aus und fiel, wie ein besinnungsloser Haufen, auf den Boden.

III.

Auf dem großen neuen Friedhof, etwa zwei Meilen entfernt, begruben die alten Leute ihren Toten und kamen zu einem Haus zurück, das eingetaucht war, in Schatten und Stille.

Es war alles so schnell vorbei gewesen, dass sie es zuerst kaum realisieren konnten und in einem Zustand der Erwartung verblieben, als könnte etwas anderes passieren – etwas anderes, dass ihnen diese Last erleichtern würde, die zu schwer zu ertragen war für diese alten Herzen.

Aber die Tage vergingen und die Erwartung musste der Resignation Platz machen – der hoffnungslosen Resignation der Alten, die manchmal fälschlich als Apathie bezeichnet wird. Manchmal sprachen sie kaum ein Wort miteinander, da sie auch nichts zu besprechen hatten, und ihre Tage wurden immer länger in ihrer Verdrossenheit.

Es war ungefähr eine Woche später, als der alte Mann in der Nacht aufwachte. Als er seine Hand ausstreckte, stellte er fest, dass er alleine war. Der Raum war in die Dunkelheit gehüllt und ein gedämpftes Geräusch des Weinens kam vom Fenster. Er erhob sich in seinem Bett und lauschte.

»Komm zurück«, sagte er zärtlich. *»Du wirst dich erkälten.«*

»Für meinen Sohn ist es noch kälter«, sagte die alte Frau und fing wieder an zu weinen.

Der Klang ihrer Seufzer verstarb in seinen Ohren. Sein Bett war warm und seine Augen schwer vor Müdigkeit. Er döste unruhig vor sich hin und fiel dann in einen tiefen Schlaf, bis seine Frau ihn mit einem wilden Schrei aufgeschreckte.

»*Die Pfote!*«, schrie sie wild. »*Die Affenpfote!*«

Beunruhigt sprang er auf. »*Wo? Wo ist sie? Was ist los?*«

Sie kam ihm stolpernd durch das Zimmer entgegen. »*Ich will sie*«, sagte sie in ruhigem Ton. »*Du hast sie doch nicht vernichtet?*«

»*Sie ist im Wohnzimmer auf dem Kamin*«, antwortete er mit Verwunderung. »*Warum?*«

Sie weinte und lachte zugleich, beugte sich herüber und küsste ihn auf die Wange.

»*Erst jetzt fällt mir das ein*«, sagte sie mit hysterischer Stimme. »*Warum habe ich nicht eher daran gedacht? Warum hast du nicht daran gedacht?*«

»*Woran gedacht?*«, fragte er.

»*An die anderen beiden Wünsche*«, sagte sie hastig. »*Wir hatten bisher nur einen.*«

»*War das nicht schon genug?*«, sagte er grimmig.

»*Nein*«, schrie sie triumphierend. »*Wir wünschen uns noch etwas. Geh runter und hol sie schnell herbei und wünsche dir, dass unser Sohn wieder leben soll.*«

Der Mann setzte sich im Bett auf und warf die Decke weg von seinen zitternden Gliedmaßen. *»Gütiger Himmel, du bist verrückt«*, schrie er entsetzt.

»Hol sie«, keuchte sie; *»hol sie schnell und wünsche dir – Oh, mein Junge, mein Junge!«*

Ihr Mann nahm ein Streichholz und zündete die Kerze an. *»Geh zurück ins Bett«*, sagte er mit wackliger Stimme. *»Du weißt nicht, wovon du sprichst.«*

»Der erste Wunsch wurde uns gewährt«, sagte die alte Frau in fieberhafter Weise, *»warum dann nicht auch der zweite?«*

»Das war nur ein Zufall«, stammelte der alte Mann.

»Geh los und hol sie und wünsche dir das«, schrie die alte Frau, die vor Aufregung zitterte.

Der alte Mann drehte sich herum und betrachtete sie, und seine Stimme bebte. *»Er ist schon zehn Tage tot und außerdem – ich würde dir das ansonsten gar nicht sagen – konnte ich ihn nur an seiner Kleidung erkennen. Wenn er schon damals ein zu schrecklicher Anblick für dich gewesen war, wie wäre das heute?«*

»Bring ihn zurück«, schrie die alte Frau und zog ihn in Richtung der Tür. *»Denkst du, ich hätte Angst vor dem Kind, das ich aufgezogen habe?«*

Er ging hinunter in der Dunkelheit und tastete sich entlang auf seinem Weg ins Wohnzimmer und dann zum Kaminsims. Der Talisman befand sich auf seinem Platz. Eine schreckliche Furcht überkam ihn, dass der unausgesprochene Wunsch seinen grausam verstümmelten Sohn herbringen könnte, bevor er wieder aus dem Zimmer heraus war. Ihm stockte der Atem, als er herausfand, dass er den Rückweg in Richtung der Tür verloren hatte. Seine Stirn war kalt vor Schweiß, als er sich um den Tisch herumtastete und dann an der Wand entlang, bis er sich in dem schmalen Korridor wiederfand, mit dem unheilvollen Ding in der Hand.

Er ging nach oben. Sogar das Gesicht seiner Frau schien sich verändert zu haben. Es war weiß und voller Erwartung, und zu seinem Erschrecken schien es einen unnatürlichen Ausdruck zu haben. Er hatte richtiggehend Angst vor ihr.

»Wünsche es!«, schrie sie mit starker Stimme.

»Es ist verrückt und frevelhaft«, stammelte er.

»Wünsche es!«, wiederholte seine Frau.

Er erhob seine Hand: *»Ich wünsche mir, dass mein Sohn wieder lebt.«*

Der Talisman fiel zu Boden und er betrachtete ihn voller Angst. Dann sank er zitternd in einen Stuhl, während die alte Frau mit fieberndem Blick zum Fenster ging und die Jalousien hochzog.

Er saß da, bis die Kälte durch seinen Körper rann und schaute hin und wieder auf die Gestalt der alten Frau, die aus dem Fenster starrte.

Das Ende der Kerze, die bis auf einen kleinen Stummel unterhalb des Randes des Porzellan-Kerzenständers heruntergebrannt war, warf pulsierende Schatten an Decke und Wände, bis sie nach einem besonders heftigen Flackern, größer als die anderen zuvor, erlosch.

Der alte Mann, der von einer unaussprechlich großen Erleichterung erfasst wurde, da er glaubte, dass der Talisman versagt hatte, kroch zurück in sein Bett und ein- oder zwei Minuten später kam die alte Frau leise heran und legte sich still und apathisch neben ihn.

Keiner von beiden sagte ein Wort; sie lagen nur still da und lauschten dem Ticken der Uhr. Eine Treppenstufe knarrte und eine piepsende Maus flitzte geräuschvoll durch eine Maueröffnung hindurch. Die Dunkelheit war bedrückend. Nach einer Weile hatte er wieder Mut gesammelt. Er nahm die Schachtel mit den Streichhölzern, zündete eines an und ging hinunter, um eine neue Kerze zu holen.

Am Fuß der Treppe ging das Streichholz aus und er hielt inne, um ein anderes anzuzünden. Im selben Moment klopfte es an der Haustür, so still und heimlich, dass es erst kaum zu hören war.

Die Streichhölzer fielen ihm aus der Hand und verteilten sich über den Korridor. Er stand bewegungslos da, ohne zu atmen, bis das Klopfen wiederholt wurde. Daraufhin drehte er sich herum, floh hastig zurück in sein Zimmer und schloss die Tür hinter sich. Ein drittes Klopfen, jetzt stärker, hallte durch das Haus.

»Was ist das?«, schrie die alte Frau und fuhr erschreckt hoch.

»*Eine Ratte*«, sagte der alte Mann mit zittriger Stimme, » – *eine Ratte. Sie ist eben auf der Treppe an mir vorbeigelaufen.*«

Seine Frau setzte sich im Bett auf und lauschte. Ein lautes Klopfen hallte durchs Haus.

»*Es ist Herbert!*«, kreischte sie. »*Es ist Herbert!*«

Sie rannte zur Schlafzimmertür hin, aber ihr Mann war schneller dort. Er ergriff ihren Arm und hielt sie fest.

»*Was hast du vor?*«, flüsterte er heiser.

»*Es ist mein Junge; es ist Herbert!*«, schrie sie heraus und versuchte, sich seinem Griff zu entziehen. »*Ich hatte vergessen, dass es nur zwei Meilen sind. Warum hältst du mich fest? Lass mich los. Ich muss die Tür öffnen.*«

»*Um Gottes willen! Lass es nicht herein!*«, rief der alte Mann, der heftig zitterte.

»*Du hast Angst vor deinem eigenen Sohn*«, rief sie und kämpfte gegen seinen Griff. »*Lass mich los. Ich komme, Herbert; ich komme.*«

Es klopfte wieder und dann noch einmal. Die alte Frau, die sich mit einer plötzlichen Drehung befreien konnte, rannte aus dem

Zimmer. Ihr Mann folgte ihr bis zum Treppenabsatz und rief ihr beschwörend hinterher, als sie die Treppe hinunterrannte. Er hörte, wie die Kette rasselte und der untere Riegel langsam und schwergängig zurückgezogen wurde. Dann kam die Stimme der alten Frau, angespannt und hechelnd:

»Der obere Riegel«, rief sie laut. *»Komm runter. Ich kann ihn nicht erreichen.«*

Ihr Mann war gerade damit beschäftigt, wild auf dem Boden herumzutasten, um die Pfote zu suchen. Wenn er sie nur finden würde, bevor das *Ding* von da draußen hereinkäme.

Regelrechte Salven von Schlägen an der Tür schickten nun ihr Echo durch das Haus und er hörte das Scharren eines Stuhls, den seine Frau im Gang vor die Tür zog. Er hörte das Quietschen des Riegels, als er langsam zurückgezogen wurde, und in diesem Moment fand er die Affenpfote. Er schnaufte hastig seinen dritten und letzten Wunsch heraus.

Das Klopfen hörte sofort auf, auch wenn dessen schwache Echos noch durch das Haus hallten.

Er hörte, wie der Stuhl zurückgezogen und die Tür geöffnet wurde. Ein kalter Windzug schoss durch das Haus und ein langer, lauter Klagelaut der Enttäuschung und des Leids gab ihm den Mut, runter an ihre Seite zu rennen und dann hinaus aus der Tür.

Die flackernde Straßenlaterne auf der anderen Seite warf ihr Licht auf eine ruhige und verlassene Straße.

DER GEISTERLÖSCHER

Durch einen Immobilienmakler in San Francisco wurde mein Augenmerk erstmals auf die Möglichkeit gelenkt, einen Geisterlöscher herzustellen.

»Es gibt da Dinge«, sagte er, *»welche die Immobilien in unserer Gegend in kurioser Weise beeinflussen. Sie wissen, wir haben eine große Anzahl von Morden, und als Konsequenz haben einige Häuser eine sehr auffällige und unerwünschte Reputation. Diese Häuser sind schlecht zu vermieten; man kann eine anständige Familie kaum dazu bewegen, diese — selbst mietfrei — zu bewohnen.«*

»Und dann haben wir ziemlich viel Orte, an denen es spuken soll«, fuhr er fort. *»Diese Häuser waren wie totes Holz in meinen Händen, bis ich feststellte, dass Japaner keine Einwände gegen Geister haben und ihre Methoden haben, mit ihnen fertig zu werden. Wenn ich also solch ein Gebäude zu vermitteln habe, vermiete ich es an die Japse zu einem bescheidenen Nominalbetrag. Wenn sie dann den Spuk beseitigt haben, erhöhe ich die Miete, und die Japse ziehen aus; das Haus ist gereinigt und wieder im Markt.«*

Die Sache interessierte mich, da ich nicht nur Wissenschaftler bin, sondern auch ein forschender Philosoph. Die Untersuchung jener Phänomene, die an der Schwelle des großen Unbekannten liegen, waren schon immer das Lieblingsgebiet meiner diesbezüglichen Aktivitäten.

Selbst damals schon glaubte ich daran, dass das fernöstliche Denken, welches in anderen Bahnen verläuft als bei uns, Wissen hervorgebracht hat, von dem wir wenig ahnen. Ich dachte folglich, dass diese Japse ein Geheimnis bewahren würden, welches ihnen aus grauer Urzeit vererbt wurde, und untersuchte die Angelegenheit.

Ich werde Sie nicht mit einer Schilderung der Ereignisse langweilen, die zu meiner Bekanntschaft mit Hoku Yamanochi geführt haben. Es reicht, wenn ich Ihnen sage, dass ich in ihm einen Freund gefunden hatte, der willens war, seine gesamten Weisheiten an Quasiwissenschaft mit mir zu teilen. Ich benutze diesen Begriff absichtlich, da die Wissenschaft, im Sinne, wie wir diesen Begriff im Abendland benutzen, ausschließlich mit den

Gesetzen von Materie und Empfindungen zu tun hat. Unsere wissenschaftlich tätigen Leute erkennen in der Tat keine andere Existenz. Die buddhistische Philosophie geht jedoch darüber hinaus.

Gemäß seiner Theorien ist die Seele siebenfach und besteht aus verschiedenen Schalen und Hüllen – so ähnlich wie bei einer Zwiebel – die abgelegt werden, wenn das Leben vom stofflichen zum spirituellen Zustand übergeht.

Die erste oder unterste ist der physische Körper, der nach dem Tod zerfällt und vergeht. Als Nächstes kommt die Lebenskraft, die sich wie ein Geruch auflöst und verloren ist, sobald sie den Körper verlässt.

Weniger bedeutend ist der Astralkörper, der, obwohl unstofflich, der Konsistenz von Materie doch sehr nahe ist. Wenn diese Astralgestalt beim Tod den Körper verlässt, verbleibt sie noch eine Weile in ihrer irdischen Umgebung, mehr oder weniger in der Form, die sie innehatte.

Es ist dieser Überrest der stofflichen Persönlichkeit, diese ausgediente Schale, die auftritt, wenn sie zur lebenden Erscheinung wird – als teilweise verkörperlichter Geist. Es ist nicht die Seele, die wiederkehrt, da sie unsterblich ist. Sie besteht aus den vier höheren spirituellen Essenzen, welche das Ego umgeben und ins nächste Leben weitergetragen werden.

Diese astralen Körper erschrecken daher Buddhisten nicht, da sie diese nur als Schatten kennen, ohne richtigen Willen. Die Japse – und das ist eine Tatsache – haben gelernt, wie man sie auslöscht.

Hoku teilte mir mit, dass es da ein bestimmtes Pulver gibt. Wenn man dieses in Gegenwart von Geistern abbrennt, werden sie von ihrem verfeinerten, halb-spirituellen Wesen in einen festen Zustand verwandelt. Der Geist wird sozusagen abgeschieden und bekommt eine feste Form, die man leicht entsorgen kann. In diesem Zustand ist er dann eingeschlossen und darf sich langsam dort auflösen, wo er keine weiteren Belästigungen verursachen kann.

Diese ausführliche Erklärung weckte meine Neugier, die nicht eher befriedigt wurde, bis ich gesehen hatte, wie die japanische Methode real angewendet wurde. Es dauerte nicht lange, bis ich dazu Gelegenheit hatte.

Nachdem ein besonders widerlicher Mord in San Francisco geschehen war, bewarb sich mein Freund Hoku Yamanochi um das Haus, dem Ort des Verbrechens. Nachdem die Polizei ihre Untersuchungen beendet hatte, konnte er es für ein halbes Jahr zu mieten, zum lächerlichen Preis von drei Dollar. Er lud mich ein, sein Quartier zu teilen, das groß und luxuriös eingerichtet war.

Eine Woche lang passierte nichts Außergewöhnliches. Dann, eines Nachts, wurde ich von einem schrecklichen Stöhnen geweckt, gefolgt von einem markerschütternden Schrei, der aus einem großen, begehbaren Schrank in meinem Zimmer zu kommen schien – der Schauplatz der kürzlichen Gräueltat.

Ich muss gestehen, dass ich alle Decken über meinen Kopf gezogen hatte und vor Entsetzen zitterte, als mein japanischer Freund hereinkam, gekleidet in einen Schlafanzug aus geblümter Seide. Als ich seine Stimme hörte, lugte ich heraus und sah ihn mit beruhigender Miene lächeln.

»Du velückt«, sagte er, *»ich jetzt zeigen wie eledige!«*

Er nahm drei kegelförmige, rote Pastillen aus seiner Tasche, legte sie auf eine Untertasse und zündete sie an. Dann hielt er die rauchende Schale in der ausgestreckten Hand, ging rüber zur geschlossenen Schranktür und öffnete sie.

Die Schreie kamen wieder. Immer wenn ich mich an die furchtbare Szene erinnere, die sich dort – damals gerade mal fünf Wochen her – ereignet hatte, schaudere ich bei seiner Kühnheit; er selbst war aber ziemlich ruhig.

Bald sah ich die geisterhaften Umrisse des kürzlichen Opfers aus dem Schrank schießen. Sie kroch unter mein Bett, rannte dann durch den Raum und versuchte zu verschwinden, aber Hoku verfolgte sie mit seiner rauchenden Schale, die er mit unermüdlicher Geduld und Geschicklichkeit herumschwenkte.

Schließlich hatte er sie in die Enge getrieben und ihr Geist war hinter einem Vorhang von duftendem Rauch gefangen. Langsam wurde die Gestalt deutlicher und nahm die Konsistenz von schwerem Dampf an, wobei sie während des Vorgangs etwas schrumpfte. Hoku wandte sich nun hastig an mich:

»Du beeilen, hol Blasebalg, ganz schnell!«, befahl er mir.

Ich rannte in sein Zimmer und holte den Blasebalg neben seinem Kaminofen. Nachdem er diesen erst flach zusammengedrückt hatte, steckte er vorsichtig einen Zeh des Geistes in die Düse. Nun öffnete er wieder gleichmäßig die Griffe und sog dabei einen Teil des Körpers der unglücklichen Frau ein. Den eingeschlossenen Dampf drückte er dann geschickt in ein großes Glas, welches er für diesen Zweck im Raum aufgestellt hatte.

Zwei weitere dieser Arbeitsgänge waren nötig, um das Phantom vollständig aus der Ecke zu saugen und in das Glas zu entleeren. Als die letzte dieser Aktionen beendet war, wurde das Glas sicher verschlossen und versiegelt.

»In flühelen Zeiten«, erklärte mir Hoku, *»haben alte Pliestel Geist mit Mund aufgesaugt und dann in Vase gespuckt. Methode heute viel bessel fül Magen und Hals.«*

»Wie lange wird der Geist dortbleiben?«, wollte ich wissen.

»Oh, dlei, viel odel fünf Jahle, vielleicht«, war seine Antwort. *»Geist nun geht von Dunst zu Feststoff und kommt unter Gesetz von nolmale Wissenschaft.«*

»Was machen sie mit ihr?«, fragte ich.

»Senden zu Buddhist Tempel in Japan. Alte Pliestel nehmen für Zelomonie«, war die Antwort.

Mein nächster Wunsch war es, etwas von Hoku Yamanochis Geisterpulver zu bekommen, um es analysieren zu können. Für eine Weile hatte sich das mir überlassene Zeug meinen Versuchen widersetzt, aber nach vielen Monaten geduldiger Forschung fand ich heraus, dass es hergestellt werden könnte, mit all seinen wesentlichen Bestandteilen. Hierzu bedurfte es einer Verschmelzung von Formaldehyd und Hypophenyltriebrompropionsäure, in einem elektrisch aufgeladenen Vakuum. Mit diesem Produkt begann ich dann mit einer Reihe von interessanten Experimenten.

Da es mir notwendig erschien, den Lebensraum von Geistern in größeren Dimensionen zu untersuchen, trat ich der *Amerikanischen Gesellschaft zur Erforschung des Übernatürlichen* bei und sicherte mir so die gewünschten Informationen über Häuser, in denen es spukt. Ich habe diese beharrlich aufgesucht, bis mein Pulver perfektioniert war und sich als wirksam beim Einfangen von gewöhnlichen und stubenreinen Geistern erwiesen hatte.

Für eine Weile begnügte ich mich mit der bloßen Sterilisation dieser Gespenster, aber als ich mir meines Erfolgs sicherer wurde, begann ich damit, die Geister in Behältern aufzubewahren.

Ich konnte sie darin transportieren, in meiner Freizeit studieren, wo ich sie auch für die

Zukunft klassifizieren und aufbewahren konnte.

Hoku Yamanochis Blasebalg wurde alsbald aussortiert zugunsten einer großen Fahrradpumpe. Schließlich habe ich mir eine eigene Vorrichtung zurecht gebaut, und zwar in einer Machart, die es mir erlaubte, den Geist mit einem einzigen Zug einzusaugen.

Meine Erfindung war jedoch nicht ganz zufriedenstellend. Ich hatte zwar keine Schwierigkeiten, Gespenster kürzlicher Entstehung sicherzustellen – ich meine damit die Geister, wie es sie zurzeit fast immer gibt.

Bei vielen Reisen ins Ausland habe ich aber auf der Suche nach Material in alten Herrenhäusern oder verfallenen Schlössern Gespenster gefunden, die so uralt waren, und schon so äußerst dünn und fragil, dass man sie manchmal mit dem bloßen Auge nicht mehr sehen konnte.

Solche schwer fassbaren Geister sind in der Lage, durch Wände zu gehen und können sich so der Verfolgung mit Leichtigkeit entziehen.

Also wurde es notwendig für mich, ein Instrument in die Hand zu bekommen, mit dem ich diese besser einfangen konnte.

Ein gewöhnlicher Feuerlöscher, wie man ihn im Handel erhält, gab mir die entscheidende Idee, wie man dieses Problem lösen kann. Ich füllte eines dieser tragbaren Instrumente mit den richtigen Chemikalien, und wenn man es umdrehte, wurden die Bestandteile im Vakuum vermischt und eine große Menge an Gas freigesetzt. Dieses wurde in einem separaten Reservoir gesammelt, das mit einem Gummischlauch versehen war, der am Ende eine Düse hatte.

Die ganze Apparatur habe ich mir auf den Rücken geschnallt und ich war somit in der Lage, einen Strom dieses Gasgemischs in jede gewünschte Richtung zu dirigieren, wobei der Fluss durch einen kleinen Hahn unter Kontrolle gehalten werden konnte.

Mithilfe dieses Geisterlöschers konnte ich meine Experimente nunmehr so umfangreich durchführen, wie ich es wollte.

Bisher waren meine Untersuchungen rein wissenschaftlich gewesen, aber sehr bald schon begann mich der kommerzielle Wert meiner Entdeckungen zu interessieren. Die ruinösen Auswirkungen von geisterhaften Heimsuchungen auf Immobilien veranlassten mich, eine gewisse Entlohnung für den Einsatz meines Geisterlöschers zu fordern, und ich begann damit, Werbung für mein Geschäft zu machen.

Nach und nach wurde ich als Experte in meinem besonderen Geschäftszweig bekannt und meine professionellen Dienstleistungen hat man mit ebenso viel Vertrauen gesucht wie die eines tierärztlichen Chirurgen. Ich stellte den 'Gerrish-Geisterlöscher' in verschiedenen Größen her und brachte ihn auf den Markt. Dann folgten die zu Recht gefeierten 'Gerrish-Geistergranaten'.

Diese Handgeräte wurden primär für die Aufbewahrung in Regalen hergestellt und waren bei einem plötzlichen Notfall bequem zur Hand. Eine einzige Granate, auf irgendeine Geistererscheinung geschleudert, würde beim Zerbrechen genügend Formaldybrom freisetzen, um selbst den absonderlichsten Geist zum Gerinnen zu bringen. Die entstehenden Dampfrückstände konnten leicht von einer Hausgehilfin mit einem gewöhnlichen Besen aus dem Zimmer entfernt werden.

Dieser Zweig meiner geschäftlichen Aktivitäten erwies sich jedoch nicht als gewinnbringend, da das Erscheinen von Geistern, besonders in den Vereinigten Staaten, doch eher selten zu erwarten ist.

Wäre es mir möglich gewesen, ein Präventivmittel kombiniert mit einem Bekämpfungsmittel zu erfinden, könnte ich jetzt vielleicht Millionär sein; aber auch der modernen Wissenschaft sind Grenzen gesetzt.

Nachdem dieses Geschäftsfeld für mich zu Hause erschöpft war, besuchte ich England, in der Hoffnung, dort Kunden unter den auf dem Land lebenden Familien zu finden.

Zu meiner Überraschung stellte ich jedoch fest, dass dort der Besitz eines Familiengespenstes als eine dauerhafte

Verbesserung der Immobilie betrachtet wurde und nicht als Verschlechterung. Meine Angebote, die Häuser von geisterhaften Bewohnern zu befreien, erweckten die größten Abneigungen. Als einer, der den Ort von Gespenstern reinigt, war ich in der sozialen Leiter niederer angesiedelt als einer, der das mit Teppichen macht.

Enttäuscht und entmutigt kehrte ich nach Hause zurück, um die Aussichten für meine Erfindung weiter zu untersuchen. Wie es schien, hatte ich die Möglichkeiten des Gebrauchs bei unwillkommenen Phantomen erschöpft. Könnte ich vielleicht – so dachte ich wenigstens – mit dem Handel von *erwünschten* Geistern ein Einkommen generieren? Ich beschloss daher, meine Untersuchungen fortzuführen.

Die nebelhaften Geister, die ich in meinem Laboratorium aufbewahrt, benotet und klassifiziert hatte, waren, wie Sie sich erinnern mögen, in einem bewegungslosen Zustand. Praktisch waren sie wie einbalsamierte Erscheinungen, deren unvermeidlicher Verfall nur verzögert, aber nicht verhindert wurde.

Die sortierten Geister, die ich in hermetisch verschlossenen Dosen aufbewahrt hatte, befanden sich somit in einem unstabilen Gleichgewicht. Wenn man die Dosen öffnen und dem Dampf erlauben würde, sich zu verflüchtigen, würden die ursprünglichen Astralkörper mit der Zeit wieder aufgebaut, und das aufgewärmte Gespenst könnte seine frühere Karriere fortsetzen.

Dieser Prozess würde aber Jahre dauern, wenn er natürlich ablaufen würde. Das Intervall war viel zu lang, wenn man das Gespenst in irgendeiner Weise kommerziell verwenden wollte.

Folglich war es mein Problem, aus meiner eingedosten Geisteressenz ein Gespenst zu produzieren, das sofort seinem Geschäft nachgehen konnte und in einem Haus spuken würde, während man darauf wartete.

Erst als das Radium entdeckt wurde, konnte ich der Lösung meines großen Problems näherkommen; aber selbst dann waren noch Monate unermüdlicher Arbeit notwendig gewesen, bevor der Prozess perfektioniert war.

Es ist heute unzweifelhaft nachgewiesen worden, dass die Ausstrahlungen, die von diesem verblüffenden Element kommen, unseren früheren wissenschaftlichen Vorstellungen von der Beschaffenheit der Materie widersprechen.

Es war an mir, zu beweisen, dass die Schwingungsaktivität von Radium (deren Amplituden und Intensität unzweifelhaft vierdimensional sind) eine Art von allotroper Veränderung in den Partikeln dieses unberechenbaren Äthers bewirken, was auf halbem Weg zwischen Materie und reinem Geist zu liegen scheint.

Dies muss hier als Erklärung reichen, da eine komplette Abhandlung den Gebrauch von Quaternionen und die Methode der kleinsten Quadrate beinhalten würde. Für den Laien reicht es, zu wissen, dass meine konservierten Geister beim Kontakt mit der Luft wieder ihre spektrale Form annehmen.

Die Erweiterungsmöglichkeiten meines Geschäfts waren nun enorm, nur begrenzt durch die Schwierigkeit, die notwendigen

Lagerbestände einzusammeln. Zu dieser Zeit war es genauso schwierig, Geister zu bekommen, wie Radium.

Da ich auch herausfand, dass Teile meines Bestandes verdorben waren, hatte ich nur noch ein paar Dutzend Dosen von Erscheinungen übrig, und viele davon waren auch noch von schlechter Qualität.

Ich machte mich also daran, mein Rohmaterial zu aufzufüllen. Es war nicht genug für mich, nur hier und da einen Geist aufzusammeln, so wie man altes Mahagoniholz bekommt; ich beschloss, mir meine Geister in Großmengen zu beschaffen.

Da kam mir ein Zufall zu Hilfe. In einer alten Ausgabe des 'Blackwood's Magazine' stieß ich eines Tages auf einen interessanten Artikel über die Schlacht von Waterloo. In dieser Zeitschrift wurde beiläufig eine Legende erwähnt, die besagte, dass Bauern jedes Jahr zum Jubiläum des gefeierten Sieges Gespenstergeschwader gesehen hatten, die Bataillonen von Geistergrenadieren hinterherjagten; hier war meine Gelegenheit.

Für den nächsten Jahrestag der Schlacht hatte ich umfangreiche Vorbereitungen getroffen, um größere Posten von Geistern einzufangen. Sehr nahe bei dem todbringenden Graben, der Napoleons Kavallerie verschlang, positionierte ich ein Korps von fähigen Assistenten, die mit schnellen Feuerlöschern ausgestattet waren, bereit, die berühmte, versunkene Straße zu beschießen.

Es war eine schöne, klare Nacht, die anfangs von einer Scheibe des Neumonds erhellt wurde, sich aber später verdunkelte, bis auf die schwache Beleuchtung der Sterne.

Ich habe in meiner Zeit viele Geister gesehen – im Garten und auf dem Dachboden, am Nachmittag, in der Dämmerung bis zum Morgengrauen, fantastische Phantome und Gespenster, traurig und spektakulär – aber ich habe niemals so einen beeindruckenden Anblick gehabt wie die nächtliche Jagd von Kürassieren, die in koboldhafter Glorie in ihren historischen Untergang geritten sind.

In der Ferne zeigten sich die französischen Reserven als eine nebulöse Masse wie eine tief liegende Wolke oder Nebelbank, schwach leuchtend und durchzogen von fluoreszierenden Strahlen.

Als das Geschwader näher herankam in seiner entschlossenen Jagd, nahmen die verschiedenen Arten der Soldaten Gestalt an, und die galoppierenden Gardisten wuchsen gespenstisch an, in übernatürlicher Pracht.

Obwohl ich wusste, dass sie nicht stofflich waren, ohne Masse und Gewicht, hatte ich Angst bei ihrer Annäherung und fürchtete mich, unter die Hufe dieser Albträume zu geraten, auf denen sie umher ritten. Wie jemand in einem Traum begann ich zu rennen, aber im nächsten Moment waren sie bei mir. Ich drehte einen Strahl von Formaldybrom auf. Dann wurde ich von einem Wolkenbruch aus wilden, kriegerischen Gespenstern überwältigt.

Die Kolonne fegte an mir vorbei, über die Böschung hinweg, und stürzte sich in ihr historisches Schicksal. Die Senke war voll von wilden, umher schwirrenden Geistern. Reihe um Reihe rannten sie nach unten, in den schrecklichen Schlund hinein.

Am Ende war der Graben mit sich windenden Gestalten gefüllt und das Gemetzel war schrecklich.

Meine Assistenten mit ihren Feuerlöschern blieben standhaft, und obwohl sie durch den Anblick fast entnervt waren, nahmen sie all ihren Mut zusammen und schickten, alle gleichzeitig, Ströme von Formaldybrom in die kämpfende Masse der Phantome.

Sobald ich wieder bei mir war, beschäftigte ich mich mit den riesigen Tanks, die ich für die Aufbewahrung präpariert hatte. Diese waren mit einem Mechanismus ausgestattet, ähnlich dem in einem tragbaren Rauchfang, mit dem der schwere Dampf aufgesaugt wurde.

Glücklicherweise war die Nacht ruhig und ich war in der Lage, ein Dutzend von diesen Tanks mit dem Niederschlag der Geister zu füllen.

Natürlich war es unmöglich, die einzelnen Formen zu trennen, sodass Männer und Pferde sich in einer schrecklichen Masse von frikassierten Geistern mischten. Ich beabsichtigte deshalb, die Suppe später in ein großes Behältnis zu entleeren, um den einzelnen Geistern zu erlauben, sich nach und nach wieder unter Gesetzen der seelischen Zugehörigkeit zusammenzufügen.

Besondere Umstände haben jedoch verhindert, dass ich dies erledigen konnte, denn als ich mit meiner Beute zurück nach Hause kam, erwartete mich ein Auftrag, so groß und wichtig, dass ich keine Zeit zur mehr Verfügung hatte, in der ich an meinen Behältern mit der Kavallerie hätte arbeiten können.

Mein Auftraggeber war der Besitzer eines neuen Sanatoriums für Nervenkranke, das sich in der Nähe einiger Heilquellen in den Catskills* befand [* ein Mittelgebirge im US-Bundesstaat New York].

Das Gebäude war höchst ungünstig gelegen. Es wurde an der Stelle eines ehemals berühmten Sommerhotels errichtet, welches einst, mit Gästen voll belegt, bis auf die Grundmauern niedergebrannt war. Dutzende von Menschenleben gingen dabei verloren.

Kurz bevor die Patienten in das neue Gebäude verbracht werden sollten, fand man heraus, dass der Ort von den Opfern der Feuersbrunst spukender Weise heimgesucht wurde, und das in einem Ausmaß, das ihn ungeeignet für einen Kuraufenthalt machte.

Meine professionellen Dienste wurden daher angefragt, um das Gebäude in einen geeigneten Aufenthaltsort für Genesende zu verwandeln.

Ich schrieb dem Inhaber und legte mein Honorar auf fünftausend Dollar fest. Da meine übliche Rate einhundert Dollar pro Gespenst betrug und über einhundert Leben im Feuer verloren gingen, hielt ich diesen Preis für angemessen, und mein Angebot wurde akzeptiert.

Der Sanatoriumsjob war bereits innerhalb einer Woche erledigt. Ich sicherte mir dabei einhundertzwei hervorragende spektrale Präparate. Als ich in mein Labor zurückkam, stellte ich sie in soliden Dosen auf, mit attraktiven Farbschildern versehen.

Meine Freude über das Ergebnis dieses Geschäfts verwandelte sich jedoch bald in Wut und Empörung.

Als nämlich der Inhaber der Kureinrichtung herausgefunden hatte, dass die eingesaugten Gespenster aus seinem Anwesen von mir zum Verkauf angeboten wurden, verlangte er sofort einen Rabatt auf das vereinbarte Honorar, das dem Wert der modifizierten Geister entsprach, die in meinen Besitz übergegangen waren.

Das konnte ich natürlich nicht zulassen.

Ich schrieb ihm und verlangte sofortige Zahlung gemäß unseren Vereinbarungen, doch das wurde entschieden abgelehnt. Der Brief des Managers war zudem noch äußerst beleidigend. Der Rattenfänger von Hameln wurde nicht schlechter behandelt als ich jetzt. Deshalb beschloss ich, mich zu rächen – genau wie der Rattenfänger.

Ich holte die in Waterloo gefüllten zwölf Tanks aus den Lagerräumen und bearbeitete sie für zwei Tage mit Radium. Diese habe ich anschließend als Wasserstoffgas deklariert zu den Catskills verschickt. Dann ging ich, begleitet von zwei meiner Assistenten, zum Sanatorium und brachte meine Forderung nach Zahlung persönlich vor.

Ich wurde unter Schmähungen hinausgeworfen. Vor meinem hastigen Abgang hatte ich aber mit Befriedigung bemerkt, dass das Gebäude schon voll von Patienten war.

Geschwächte Frauen saßen in Korbstühlen herum und gebrechliche, blutarme Mädchen füllten die Korridore. Es war ein Krankenhaus für nervöse Wracks und die geringste Störung würde alles in Panik versetzen.

Ich unterdrückte all mein Feingefühl für Mitleid und Güte und lächelte grimmig, als ich zurück ins Dorf ging.

Die Nacht war schwarz und drohend, ein bestens geeignetes Wetter für den Hexentanz, den ich gleich verursachen wollte. Um zehn Uhr belud ich einen Wagen mit den Tanks, voll von komprimierten und fragmentierten französischen Kohorten. Eingehüllt in schwere Übermäntel, fuhren wir zum Sanatorium.

Alles war still, als wir näherkamen; alles war dunkel. Von dem Wagen, der in einem Kiefernwäldchen versteckt war, entluden wir die Tanks – einen nach dem anderen – und stellten sie neben die Fenster im Erdgeschoss. Die Flügel wurden leicht aufgedrückt und soweit angehoben, dass wir die mit den eisernen Behältern verbundenen Gummischläuche durchstecken konnten.

Um Mitternacht war alles bereit.

Ich gab das Stichwort. Meine Assistenten rannten von Tank zu Tank und öffneten die Absperrhähne. Mit einem Zischen wie von entweichendem Dampf entleerten sich die riesigen Kessel von selbst und spuckten Wolken von Dunst heraus, die bei Berührung mit der Luft zu seltsamen Formen geronnen, wie es das Eiweiß macht, wenn man es in heißes Wasser gibt.

Die Räume füllten sich augenblicklich mit zerstückelten Schatten von Männern und Pferden, die in wilder Manier versuchten, sich mit den richtigen Teilen zu vereinen.

Beine rannten die Gänge entlang und suchten ihren jeweiligen Torso. Arme wanden sich wild herum und griffen nach fehlenden Körpern. Köpfe rollten hin und her auf der Suche nach den entsprechenden Hälsen. Pferdeschwänze und Hufe schlugen wild um sich und eilten umher, auf der Suche nach ihren hippologischen Zugehörigkeiten, bis sie dann – wieder als Pferd reorganisiert – herumgaloppierten und nach ihren Reitern suchten.

Wenn es mir möglich gewesen wäre, hätte diesen Tumult schon lange vorher gestoppt, da alles es viel schrecklicher war, als ich es mir vorgestellt hatte, aber es war schon zu spät.

Ich kauerte im Garten und hörte die Schreie von erwachten und verwirrten Patienten. Im nächsten Moment brach die Eingangstür des Hotels auf und eine Horde von hysterischen Frauen in teuren Nachthemden stürzte hinaus auf den Rasen, und sie drängten sich in kreischenden Gruppen zusammen.

Dann floh ich in die Nacht hinaus.

Ich floh, aber Napoleons Männer flohen mit mir.

Von einer astralen Anziehung genötigt, von der ich nicht weiß, welche – vielleicht die subtile Anziehung der Kreatur zu ihrem Schöpfer – folgten sie mir in kurioser Wut, diese spektralen Hüllen, bewegt von irgendeiner mysteriösen Mechanik der Geisterwesen.

Ich suchte Zuflucht, zuerst in meinem Labor, aber schon auf dem Weg dorthin, sagte mir ein grelles Licht voraus, dass es zerstört worden war. Als ich näher herankam, konnte man die ganze Geisterfabrik in Flammen stehen sehen.

Kurz darauf hörte man schon die knackenden Geräusche, als die überhitzten Dosen mit den Fantasmagorien explodierten und ihren übernatürlichen Inhalt in die Nacht hinaus warfen.

Diese befreiten Geister schlossen sich der Armee von Napoleons aufgebrachten Kriegern an und alle gemeinsam wandten sich in meine Richtung.

Es gab nicht genug Formaldybrom auf der ganzen Welt, um ihre ungestüme Energie zu ersticken. Es gab keinen Platz auf diesem Planeten, der mir Sicherheit vor ihrem Besuch bot. Kein Geisterlöscher war stark genug, um die Schar von Geistern auszulöschen, die mich fortan verfolgten.

Nervlich und finanziell am Ende, ständig auf der Flucht, konnte ich mich auch nicht mehr um die Fertigstellung meines Schnellfeuer-Geisterlöschpanzers kümmern.

Es ist mir nur ein geringer Trost zu wissen, dass einhundert Nervenkranke wieder vollständig gesund wurden, begünstigt durch den schrecklichen Schock, den ich ausgelöst hatte.

Der gesamte Originaltext der im Jahre 1911 erschienen Geschichte ist <u>durchgehend</u> im parodierenden, tiefsten afroamerikanischen Dialekt gehalten. Dies konnte verständlich übertragen werden; der Übersetzer hatte als Student einige Zeit in einem Südstaat der USA verbracht. Die hier besonders in der damaligen Zeit unterstellten, typischen Denk- und Verhaltensstrukturen bestimmter Bevölkerungsteile sollten mit Humor genommen werden. Im Sinne von 'Political Correctness' wurden bestimmte Stellen dennoch entschärft.

ES GIBT KEINE GEISTER

Es gab einmal einen kleinen schwarzen Jungen namens Mose. Als er größer wurde, so ungefähr bis zur Kniehöhe eines Esels, fürchtete er sich sehr vor Geistern.

Er lebte in einer geisterhaften Gegend, wo es einen Totenacker im Talkessel gab und einen Begräbnisplatz auf dem Hügel und einen Friedhof dazwischen. Dort war nichts außer Bäumen, ausgenommen auf dem freien Platz vor seiner Hütte und unten im Tal, beim Kürbisfeld.

Wenn dann die Nacht kam, wurde es still, und alles, was man an diesem Ort hören konnte, waren die Trauertauben mit ihrem klagenden *»Uuh–uu–u–u–u«*, ja, und dann das noch mehr Furcht einflößende, böse und unheimliche Klagen der Eulen, mit ihrem *»Wuh-wu-u-u-u«*, und der Wind klagte sein, *»Juh-ju-u-u-u«*, noch schockierender und Angst machender und gruseliger als alles andere. Das war die Umgebung am sehr unfreundlichen Wohnort des kleinen schwarzen Jungen namens Mose.

Da dieser schwarze Junge so außergewöhnlich schwarz war, konnte man ihn in der Nacht nicht erkennen, ausgenommen das Weiße in seinen Augen. Wenn er also aus dem Haus ging, traute er sich nicht, die Augen zu schließen, weil ihn sonst niemand mehr sehen konnte; er wäre unsichtbar gewesen wie ein Nichts. Und wer weiß, welcher riesengroße Geist in ihn hineinrennen würde, weil er ihn nicht sehen konnte? Das würde dem kleinen schwarzen Jungen einen riesigen Schreck einjagen, wenn man bedenkt – und wie jeder weiß – was für ein kaltes, feuchtes Wesen ein Geist ist.

Wenn also der kleine schwarze Mose nachts aus der Hütte ging, hielt er seine Augen weit geöffnet, das können Sie glauben! Halleluja!

Am Tag hatten seine Augen die Größe von Butterstampfern und als die Dämmerung kam, ungefähr die Größe von Untertassen; aber als er nachts vor die Hütte trat, hatten seine Augen den Umfang von weißen China-Tellern, die man auf dem Kaminsims aufstellt. Es ist natürlich sehr schwer, Augen dieser Größe von einem Blinzeln und Zwinkern abzuhalten.

Wenn die Zeit von Halloween kam, entschloss sich der kleine schwarze Mose gar nicht erst vor die Tür seiner Hütte zu gehen. Er blieb lieber in der behaglichen Stube mit seinem Papa und seiner Mama, da auch die Trauertauben gemerkt hatten, dass die Geister wieder in der Landschaft herumwandern. Man konnte ihr klagendes *»Uuh–uu–u–u–u«* hören, wie auch das klagende *»Wuh-wu-u-u-u«* der Eulen und auch der Wind klagte *»Juh-ju-u-u-u.«* Die Augen des kleinen schwarzen Mose waren jetzt so groß wie die Chinateller, die man auf den Kaminsims neben die Uhr stellt, und die Sonne begann zu verschwinden.

Alles war in Ordnung. Der kleine schwarze Mose kroch in die Ecke bei der Feuerstelle und er würde dortbleiben, bis er zu Bett ging.

Aber dann – nach und nach – kam Sally Ann herein, die ein Stück die Straße hoch wohnt, und Mister Sally Ann, der ihr Mann ist, kam herein, und Zack Badget, und die Schullehrerin, die im Haus von Onkel Silas Diggs wohnt, kamen herein, und eine große Menge anderer Leute kamen herein.

Der kleine schwarze Mose bemerkte bald, dass dies eine Überraschungsparty für ihn werden sollte, und freute sich sehr darüber. Alle Leute schüttelten sich die Hände und sagten *»Howdy«* [Hallo] und einer von ihnen sagte: *»Wo ist der kleine Mose? Howdy, kleiner Mose!«* Und der war so glücklich und grinste und grinste, da er jetzt noch gar keine Ahnung hatte, was kommen würde.

Nach einiger Zeit sagte Sally Ann, die ein Stück die Straße hoch wohnt, *»das ist kein richtiges Halloween, solange wir keine Halloweenlaterne haben.«*

Und die Schullehrerin, die im Haus von Onkel Silas Diggs wohnt, sagte: *»Kein Halloween, ja gar kein Halloween, bis wir eine Halloweenlaterne haben.«*

Der kleine schwarze Mose hörte auf zu grinsen und zog sich so tief in seine Ecke zurück, dass er fast durch die Wand gedrückt wurde. Das half ihm aber nichts, denn jemand sagte: *»Mose, geh runter zu dem Kürbisfeld und hol einen Kürbis!«*

»Ich will nicht gehen!«, sagte der kleine schwarze Mose.

»Mach dich runter, los!«, sagte seine Mama im Befehlston.

»Ich will nicht gehen!«, sagte Mose wieder.

»Warum willst du nicht gehen?«, fragte seine Mama.

»Ich habe Angst vor Geistern«, sagte der kleine schwarze Mose, *»und das ist die Wahrheit und keine Ausrede.«*

»*Es gibt keine Geister*«, sagte die Schullehrerin, die im Haus von in Onkel Silas Diggs wohnt, sofort.

»*Wenn es keine Geister gibt*«, sagte Zack Badget, »*was ist das dann für eine Angst vor Geistern, die ich immer habe? Weil ich mich vor ihnen fürchte, bin nur zum Haus vom kleinen schwarzen Mose mitgegangen, weil mich die Schullehrerin begleitet hat.*«

»*Lass uns in Ruhe mit deinen Geistern!*«, sagte die Mama vom kleinen schwarzen Mose.

»*Wo hast du denn diesen Unsinn aufgeschnappt?*«, sagte der Papa vom kleinen schwarzen Mose. »*Es gibt keine Geister.*«

Und die ganzen Leute von der Überraschungsparty sagten: »*Es gibt keine Geister. Wir brauchen aber eine Halloweenlaterne oder die Freude ist verdorben.*«

Und so ging der kleine schwarze Junge, dessen Name Mose war, fort, um einen Kürbis vom Kürbisfeld zu holen, unten in der Talsenke.

Er trat aus der Hütte heraus, und als er an der Türschwelle stand, machte er die Augen weit auf, so weit wie der Boden von Mamas Waschschüssel, jedenfalls fast, und sagte zu sich, *es gibt keine Geister.* Dann setze er einen Fuß auf den Boden, und das war der erste Schritt.

Und die Trauertauben gurrten, *Uuh–uu–u–u–u.*

Und der kleine schwarze Mose machte einen weiteren Schritt.

Und die Eulen klagten, *Wuh-wu-u-u-u.*

Und der kleine schwarze Mose machte noch einen Schritt.

Und der Wind seufzte, *Juh-ju-u-u-u.*

Der kleine schwarze Mose schaute über seine Schulter und musste doch seine Augen schließen, und aus Furcht schloss er sie so fest, dass sie ihm rund herum wehtaten. Yas, Sah! [Ja, Sir!], dann nahm er die Beine in die Hand und rannte. Und er sagte, *es gibt keine Geister, es gibt keine Geister.*

Und er rannte den Weg entlang, der am Begräbnisplatz auf dem Hügel vorbeiführte, und es gab überhaupt keinen Zaun um den Begräbnisplatz.

Keinen Zaun, jawohl Mann!

In den großen Bäumen saßen die Eulen und die Trauertauben und klagten und schluchzten und der Wind seufzte ein Weinen hindurch. Und dann berührte etwas den Arm vom kleinen Mose, was ihn veranlasste, schneller und schneller zu rennen. Und dann streichelte etwas seine Wange, was ihn dazu brachte, so schnell zu rennen, wie er nur konnte. Und dann ergriff etwas den kleinen Mose am Ärmel seiner Jacke und er kämpfte und strampelte und schrie heraus: *»Es gibt keine Geister, es gibt keine Geister.«*

Es war jedoch nichts als ein wilder Dornenstrauch, der ihn erfasst hatte, nichts als ein Blatt von einem Baum, das seine Wange streichelte, und nichts als der Zweig von einem Haselnussbaum, der seinen Arm berührte. Er war dennoch sehr erschrocken und er hatte keine Zeit zu verlieren, denn was der Wind und die Eulen und die Trauertauben signalisierten, bedeutete nichts Gutes.

So schoss er an dem Begräbnisplatz vorbei, der auf dem Hügel lag, und dem Friedhof, der zwischen diesem und dem Totenacker im Tal lag, und dann auch an diesem vorbei, bis er schließlich an das Kürbisfeld kam.

Dort stand er nun, um den besten Kürbis im Feld zu holen. Und er war ziemlich verängstigt. Ja, er war der verängstigte schwarze Junge, den es jemals gab. Und er würde um nichts auf der Welt seine Augen öffnen, weil der Wind *»Juh-ju-u-u-u«* machte, und die Eulen *»Wuh-wu-u-u-u«* und die Trauertauben *»Uuh–uu–u–u–u.«*

Er dachte wieder nach und sagte sich, *»es gibt keine Geister«* und wünschte, seine Haare würden nicht so zu Berge stehen. Und er dachte sich wieder, *»es gibt keine Geister«* und wünschte sich, dass seine Gänsehaut nicht so stark wäre. Und er sprach vor sich hin, *»es gibt keine Geister«* und wünschte sich, dass sein Rückgrat nicht so wild zittern würde.

So tastete er sich und tastete er sich mit geschlossenen Augen voran, bis er einen festen Griff am Stil des besten Kürbisses im Feld hatte, und zog daran mit all seiner Kraft.

»Lass meinen Kopf los!«, sagte plötzlich eine sonore Stimme.

Der kleine Junge, dessen Name Mose war, sprang fast aus seiner Haut heraus. Er öffnete jetzt vorsichtig wieder seine Augen und begann wie Espenlaub zu zittern, denn was da direkt hinter ihm stand, war ein riesengroßer Geist.

Yas, Sah! Das war der größte weiße Geist, den es je gab, und er hatte keinen Kopf. Er hatte aber überhaupt keinen Kopf und der kleine schwarze Mose fiel auf die Knie und bettelte und betete.

»Oh, entschuldigen Sie, 'Mistah' Geist!«, flehte er ihn an. *»Ich wollte überhaupt nichts Böses.«*

»Warum hast du versucht, meinen Kopf zu nehmen?«, fragte der Geist, in einer furchterregenden Stimme, die daherkam, wie der feuchte Wind aus dem Keller.

»*Entschuldigung! Entschuldigung!*«, flehte ihn der kleine Mose wieder an. »*Ich wusste nicht, dass das ihr Kopf war, und ich wusste auch nicht, dass Sie hier sind. Entschuldigung!*«

»*Ich entschuldige das, wenn du mir einen Gefallen tust*«, sagte der Geist. »*Ich muss dir etwas überaus Wichtiges sagen.*«

»*Ach, das geht ja gar nicht*«, fuhr der Geist fort, »*ich kann ja nichts sagen, da ich keinen Kopf habe, und wenn ich keinen Kopf habe, habe ich keinen Mund, und wenn ich keinen Mund habe, kann ich auch nicht sprechen.*«

Ja, Mann! Das ist ja wirklich logisch. Niemand kann sprechen, wenn er keinen Mund hat, und niemand kann einen Mund haben, wenn er keinen Kopf hat. Und als der kleine schwarze Mose hinschaute, sah er, dass der Geist keinen Kopf hatte – keinen Kopf.

Der Geist sprach: »*Ich bin hier runtergekommen, um mir einen Kürbis als Kopf auszusuchen, und du hast genau diesen Kürbis gewählt – dieser da, den du mir gerade wegnehmen wolltest. No, Sah! Das liebe ich überhaupt nicht! Nein, überhaupt nicht!*«

»Ich bin gerade in der Stimmung, dich mitzunehmen«, fuhr der Geist fort, *»und niemand würde dich je wieder sehen, nie mehr. Ich muss dir aber etwas überaus Wichtiges sagen, und wenn du diesen Kürbis hochhebst und ihn dahin setzt, wo mein Kopf sein soll, dann lasse ich dich diesmal noch gehen, denn ich war lange nicht mehr in der Lage gewesen zu sprechen und jetzt bin ich hungrig drauf, etwas zu sagen.«*

Der kleine schwarze Mose hob den Kürbis hoch, der Geist beugte sich herunter, und der kleine schwarze Mose setzte den Kürbis auf den Hals des Geists.

Sofort fing der Kürbiskopf an zu flimmern und aus den Augen und dem Mund zu leuchten wie eine Halloweenlaterne und sofort fing der Geist an zu sprechen.

Yas, Sah!, so war es!

»Ach, was wollten Sie mir denn sagen?«, fragte der kleine schwarze Mose.

»Ich wollte dir sagen«, sprach der Geist, *»dass es keinen Grund gibt, sich vor Geistern zu fürchten, denn es gibt keine Geister.«*

Und als er das sagte, verschwand der Geist wie der Nebel im Juli. Er hing nicht einmal mehr herum wie der Nebel im Oktober. Ja, er löste sich sofort in der Luft auf und war komplett verschwunden.

Also ergriff der kleine Mose den nächstbesten Kürbis, der da war und rannte davon. Als er zum Totenacker in der Talsenke kam, ging er wie immer vorbei, nur schneller.

Dann dachte er sich, dass es gut wäre, einen Knüppel aufzuheben, falls es Ärger geben sollte. Also bückte er sich und bückte sich, bis er ein geeignetes Stück Holz zu fassen bekam. Doch als er den Holzknüppel ergriff –

»Lass mein Bein los!«, sagte plötzlich eine Stimme.

Der kleine Junge muss jetzt wohl doch aus seiner Haut gesprungen sein, weil da sechs riesengroße Geister standen, und der größte von ihnen hatte kein Bein. Also gab der kleine schwarze Mose diesen Holzknüppel natürlich sofort an den größten Geist und sagte:

»Entschuldigung Mistah Geist, ich wusste nicht, dass das ihr Bein ist.«

Die sechs Geister, die dort standen, dachten darüber nach, was sie tun sollten. Yas, Sah!, das taten sie. Und dann sagte einer von ihnen:

»Das kann mal passieren, kleiner schwarzer Junge.«

Dann fragte er die anderen: *»Was wollen wir ihm denn für seine Höflichkeit anbieten?«*

Und einer der anderen spach: *»Sagt ihm die Wahrheit über Geister.«*

Also sprach der größte Geist: *»Ich werde dir etwas Wichtiges sagen, was du wissen musst: Es gibt keine Geister.«*

Und als sie dies sagten, verschwanden die Geister wieder, und der kleine schwarze Mose ging weiter auf seinem Weg.

Er war so in Angst, dass sich seine Haare von der Wurzel an sträubten, und der Wind machte *»Juh-ju-u-u-u«*, die Eule machte *»Wuh-wu-u-u-u«*, und die Trauertauben machten *»Uuh–uu–u–u– u«*, und er zitterte und schüttelte sich.

Schließlich kam er zum Friedhof, der auf dem Weg lag, und er wurde mächtig erschreckt, denn da war eine ganze Kompanie von Geistern, die längs des Weges standen. Er hatte aber keine Lust, noch mehr Zeit zu verlieren, um mit den Geistern zu palavern. Er ging runter vom Weg, um das alles zu umgehen, als er auf einen Pinienstumpf trat, der da lag.

»Geh von meiner Brust herunter«, sagte plötzlich eine mächtige Stimme. Dieser Baumstumpf war vom Obergeist als seine Brust ausgewählt worden, denn er hatte keine Brust zwischen seinen Schultern und den Beinen.

Der kleine schwarze Mose hüpfte sofort von dem Stumpf herunter. Yas, Sah!, das hat er getan, sofort!

»Entschuldigung! Entschuldigung!«, bettelte und flehte der kleine schwarze Mose, und die Geister wussten nicht, ob sie ihn auffressen sollten oder nicht, denn er war ja auf die Brust vom Chef gestiegen. Aber dann ließen sie ihm das als einen Unfall durchgehen und der Obergeist sagte:

»Mose, du Mose, ich lasse dich dieses Mal gehen, denn du bist nichts anderes als ein elender, schlotternder Negerjunge, aber du solltest dir eine sehr wichtige Sache merken.«

»Ya-yas, Sah!«, sagte dieser kleine schwarze Junge. *»Ich werde mir das merken, aber was soll ich mir denn merken?«*

Der Obergeist schwoll an und er schwoll an, bis er so groß war, wie ein Haus, und sagte mit einer Stimme, die den Boden erschütterte: *»Es gibt keine Geister.«*

Der kleine schwarze Mose musste sich jetzt daran erinnern, dass es keine Geister gibt.

Er ging weiter auf seinem Weg und machte dabei, wie vorgesehen, einen Bogen. Er kam nun völlig ungehindert voran in Richtung seines Zuhauses. Ja Mann, so war es.

Er marschierte, so schnell er konnte. Als er zu dem Begräbnisplatz auf dem Hügel kam, musste er sofort wieder anhalten, da die Landschaft darum herum so mit Geistern bevölkert war, dass er nicht mehr durchkam.

Yas, Sah! Es sah so aus, als würden dort alle Geister der Welt zusammen eine Konferenz abhalten. Es schien so, als würden alle Geister, die es jemals gab, sich an diesem Platz versammeln.

Das war zu viel für den kleinen schwarzen Mose, der so verschreckt war, dass er auf einen alten Baumstamm darnieder fiel und schrie und stöhnte.

Plötzlich kam eine Stimme vom Baumstamm:

»Geh runter von mir! Geh runter von mir!«, schrie der Stamm.

Also ging der kleine schwarze Mose sofort runter von ihm, sofort runter!

Sobald er runter war, erhob sich der Stamm, und der kleine schwarze Mose sah, dass dieser Stamm der König aller Geister war. Und als sich der König erhob, kamen all die um den kleinen schwarzen Mose herum versammelten Geister, es mussten wohl tausend oder mehr gewesen sein, herüber.

Yas, Sah! Das war die offizielle jährliche Halloweenversammlung, die der kleine schwarze Mose gestört hatte.

Es waren alle da, alle Seelen der Welt, alle Spukfiguren der Welt, alle Kobolde der Welt, alle Leichenfresser der Welt, alle Gespenster der Welt und alle Geister in der Welt. Und als sie den kleinen schwarzen Mose sahen, knirschten sie mit den Zähnen und dachten daran, dass es bald Essenszeit war. Der Geisterkönig, dessen Name 'Alter Schädel-und-Knochen' war, stieg rauf auf den Kopf vom kleinen Mose und sagte:

»Gentlemen, der Konvent hat begonnen. Der Sekretär soll bitte notieren, wer anwesend ist. Die erste Sache, die vor dem Konvent behandelt wird, ist die Frage: Was sollen wir mit dem kleinen schwarzen Negerjungen machen, der auf mich, euren König gestiegen ist, ihn überall beschädigt und so respektlos behandelt hat.«

Der kleine schwarze Mose, der unter dem Geisterkönig stand, stöhnte und weinte: »Entschuldigung! Entschuldigung, Herr König! Es war nicht meine Absicht, Sie respektlos zu behandeln.«

Und der kleine schwarze Mose stöhnte und weinte:

Entschuldigen sie mich! Entschuldigen Sie mich, Mistah König! Ich wollte überhaupt nichts Böses tun.

Es beachtete ihn aber niemand, da jetzt jeder auf einen monströsen Geist blickte, mit Namen 'Blutige Knochen', der aufstand und sprach:

»Euer Ehren, Herr König und Gentlemen und Ladys«, sagte er. »Das ist eine richtig schlechte Sache, eine lausige Staatsführung, wenn einer auf den König drauftreten kann. Wenn jeder kleine, schwarze Junge das machen würde, in der Nacht herumlaufen und sich auf den König der Geister zu setzten, ist es keine Zeit für Palaver, keine Zeit für Ausflüchte, keine Zeit lange nachzudenken. Jetzt ist keine Zeit, keine Zeit für nichts, nichts außer der Wahrheit, die volle Wahrheit und nichts als die Wahrheit.«

Alle Geister unterstützten den Vorschlag, und sie sprachen laut darüber, und die Klänge kamen wieder, das *»Uuh–uu–u–u–u«* der Trauertauben, und die Eulen machten *»Wuh-wu-u-u-u*, und der Wind heulte *»Juh-ju-u-u-u.«*

Der Antrag wurde sofort einstimmig angenommen. Der Geisterkönig, dessen Name 'Alter Schädel-und-Knochen' war, legte seine Hand auf den Kopf vom kleinen schwarzen Mose, und die Hand fühlte sich an wie ein nasser Lumpen, und er sagte:

»Es gibt keine Geister.«

Und eines der Haare auf dem Kopf vom kleinen schwarzen Mose wurde weiß.

Und der monströse Geist, dessen Name 'Blutige Knochen' war, legte seine Hand auf den Kopf vom kleinen schwarzen Mose, und die Hand fühlte sich an wie Fliegenpilz in der Kühle des Tages, und er sagte:

»Es gibt keine Geister.«

Und ein weiteres Haar auf dem Kopf vom kleinen schwarzen Mose färbte sich weiß.

Und ein mächtiger Geist, dessen Name 'Verschimmelte Pamela' war, legte die Hand auf den Kopf vom kleinen schwarzen Mose, und die Hand fühlte sich an, wie die Unterseite einer Eidechse, und eine Stimme sagte:

»Es gibt keine Geister.«

Und ein weiteres Haar auf dem Kopf vom kleinen schwarzen Mose färbte sich weiß.

Und ein eigenartig gebogener Kobold legte seine Hand auf den Kopf vom kleinen schwarzen Mose und machte die gleiche Bemerkung.

Der ganze Konvent von Geistern und Gespenstern und Spukfiguren und alle anderen, die mehr als tausend waren, kamen schnell vorbei und legten kurz ihre Hände auf, und sie fühlten sich an wie der Wind, der aus dem Keller an einem heißen Tag geblasen wird, und alle sagten:

»Es gibt keine Geister.«

Yas, Sah! Sie alle brachten ihre Worte so schnell heraus, dass es klang wie der Wind, der durch die Pistazienbäume stöhnt, die hinter der Mostpresse stehen, und jedes Haar auf dem Kopf vom kleinen schwarzen Mose wurde weiß.

Das passiert mit einem kleinen schwarzen Jungen, der einen Geisterkonvent auf seinem Weg begegnet, und das geschieht deshalb so, dass er niemals vergisst, dass es keine Geister gibt. Denn wenn ein kleiner schwarzer Junge sich vorstellt, es gäbe Geister, wird er vor ihnen Angst haben in der Dunkelheit. Und das ist wahrlich eine törichte Sache, wenn er sich das vorstellt. Ja, wirklich Mann!

Alle Geister waren in einem Nu verschwunden, wie der Nebel, wenn ihn der Wind wegbläst, und der kleine schwarze Mose sah keinen Grund mehr, länger an diesem Ort zu bleiben. Er bückte sich, um den Kürbis aufzuheben, und er machte sich schnell auf den Weg zu Mamas Hütte.

Dort angekommen, hob den Riegel der Tür an, öffnete sie, trat ein und sagte:

»Hier ist der Kürbis!«

Und seine Mutter und Vater und Sally Ann, die ein Stück höher die Straße rauf wohnt, mit ihrem Mann, und Zack Badget und die Schullehrerin, die im Haus von Onkel Silas

Diggs wohnt, und die große Menge an Leuten, die gekommen waren, sie alle waren in eine Ecke der Baracke gedrängt, denn Zack Badget hatte ihnen eine Geistergeschichte erzählt, und die Trauertauben weinten *»Uuh–uu–u–u–u«*, und die Eulen weinten *»Wuh-wu-u-u-u«*, und der Wind weinte *»Juh-ju-u-u-u«* und jeder hatte mächtig Angst, denn der kleine schwarze Mose kam tastend und klappernd herein, wie in dieser höchst furchterregenden Geistergeschichte von Zack Badget, und jeder glaubte, dass er ein Geist sei, so tastend und klappernd, wie er daherkam.

Yas, Sah!

Der kleine schwarze Mose drehte seinen weiß behaarten Kopf herum, schaute um sich und starrte sie alle an.

Dann sagte er: *»Warum fürchtet ihr euch alle?«*

»Wir fürchten uns alle, denn wenn jeder sich fürchtet, muss man sich auch fürchten«, sagten sie, *»das ist doch natürlich.«*

Die Schullehrerin, die im Haus von Onkel Silas Diggs wohnt, sagte: *»Um Himmels willen, wir dachten, du wärst ein Geist!«*

Dann sagte der kleine schwarze Mose, mit einem Nasenrümpfen und ein wenig spöttisch: *»Huh! Es gibt keine Geister.«*

Da zog ihn seine Mutter kräftig zur Seite, weil der kleine, schwarze Mose so vorlaut war, gegenüber den Leuten, die Rechtschreibung, Algebra und allgemeines Rechnen ohne Benutzung der Finger konnten, wie es die Schullehrerin kann, die im Haus von Onkel Silas Diggs wohnt.

Sie sagte: *»Huh!, was weißt du denn überhaupt von Geistern?«*

Und der kleine schwarze Mose trat von einem Fuß auf den andern, lutschte an seinem Daumen, und sagte: *»Ich weiß nichts von Geistern, weil es keine Geister gibt.«*

Nun stand Papa auf, um ihm zu sagen, dass es Unsinn sei, das zu behaupten, weil jeder weiß, dass es sie gibt.

Die Schullehrerin aber, die im Haus von Onkel Silas Diggs wohnt, bemerkte jetzt, dass das Haar vom kleinen schwarzen Mose komplett weiß geworden war, und sie sah auch, dass das Gesicht vom kleinen schwarzen Mose die Farbe von Holzasche hatte. Sie legte deshalb den Arm um den kleinen schwarzen Jungen, liebkoste ihn und sprach:

»Honiglämmchen, hab keine Angst! Niemand wird dir wehtun. Woher weißt du denn, dass es keine Geister gibt?«

Und der kleine schwarze Mose lehnte sich gegen die Schullehrerin, die im Haus von Onkel Silas Diggs wohnt, und sagte:

»Weil – weil – weil ich einen Geisterkapitän, und einen Obergeist und den Geisterkönig gesehen habe, und auch alle Geister auf der ganzen Welt getroffen habe, und jeder Geist hat das Gleiche gesagt: 'Es gibt keine Geister'. Und wenn ein Geisterkapitän, und ein Obergeist, und der Geisterkönig und alle Geister in der Welt sagen, dass es keine Geister gibt, wer kann das dann behaupten?«

»*Das ist richtig, das ist richtig, Honiglämmchen*«, sagte die Schullehrerin. Und sie sagte weiter: »*Ich war lange Zeit selbst ein wenig misstrauisch, dass es keine Geister geben soll, aber jetzt weiß ich es genau. Wenn all die Geister sagen, es gäbe keine Geister, dann gibt es auch keine Geister.*«

Jeder glaubte das jetzt auch, außer Zack Badget, der die Geistergeschichte erzählt hatte. Er wollte dazu nicht 'Ja' sagen und auch nicht 'Nein', denn er mochte die Schullehrerin sehr, aber er wusste genau, dass er schon viele Geister gesehen hatte. Deshalb wollte er zuerst sichergehen und sagte zum kleinen schwarzen Mose:

»*Du hast doch nicht etwa einen monströsen Geist getroffen, der 'Blutige Knochen' heißt?*«

»*Doch*«, sagte der kleine schwarze Mose. »Ich habe ihn getroffen.«

»*Und hat dir der alte 'Blutige Knochen' gesagt, dass es keine Geister gibt?*«

»*Ja*«, sagte der kleine schwarze Mose, »*genau das hat er getan.*«

»Nun, wenn er dir gesagt hat, es gäbe keine Geister«, sagte Zack Badget, »muss ich auch glauben, dass es keine Geister gibt, denn er würde dich diesbezüglich nicht anlügen. Ich kenne den Geist mit Namen 'Blutige Knochen', seit ich ein kleines Negerbübchen war, und ich habe ihn sehr oft getroffen, und er würde diesbezüglich nicht lügen. Und wenn genau dieser Geist sagt, es gäbe keine Geister, dann gibt es auch keine Geister.«

Und alle sagten nun gemeinsam: »Das ist richtig, es gibt keine Geister! Halleluja!«

Das gab dem kleinen schwarzen Mose ein richtig gutes Gefühl, denn er mochte keine Geister. Er dachte, dass er sich sehr viel wohler fühlen wird, im Gedanken daran, dass es keine Geister gibt, und er würde sich fortan vor nichts mehr fürchten müssen.

Er wird keine Angst mehr im Dunkeln haben und er wird sich nicht fürchten, wenn er die Trauertauben hört, mit ihrem »Uuh–uu–u–u–u«, und die Eulen mit ihrem »Wuh-wu-u-u-u« und den Wind mit seinem »Juh-ju-u-u-u«. Er wird tapfer wie ein Löwe sein, seitdem er weiß, dass es keine Geister gibt.

Dann sagte seine Mutter: *»Höchste Zeit für einen kleinen schwarzen Jungen namens Mose die Leiter zum Dachboden hochzuklettern und zu Bett zu gehen.«*

Doch der kleine schwarze Mose zögerte noch eine Weile. Ja, er zögerte noch eine Weile. Er dachte, es gäbe kein Problem, wenn er warten würde, bis auch seine Mutter nach oben auf den Dachboden ging, um zu Bett zu gehen. Also sagte seine Mutter zu ihm: *»Geh hoch, mach schon! Wovor hast du Angst, wenn es keine Geister gibt?«*

Und der kleine schwarze Mose wand sich und drehte sich, zog seinen Mund zusammen, rieb seine Augen und sagte leise: *»Es ist nicht die Angst vor Geistern, die ich habe, denn es gibt keine Geister.«*

»Was ist es dann, wovor du Angst hast?«, fragte die Mutter.

»Nichts«, sagte der kleine schwarze Junge, dessen Namen Mose war. »Aber jetzt fürchte ich mich ein wenig vor den Geistern, die es nicht gibt.«

Ja, lacht jetzt nur, ihr weißen Leute! Ja, lacht nur ihr Weißen!